KARINE BON

D1731869

CUISINER AU SEL

sauf indication particulière, les photographies sont de l'auteur

Éditions Jean-Paul Gisserot
www.editions-gisserot.eu

Introduction

A Didier,

Le sel a eu une grande importance économique. Il fut par exemple utilisé comme moyen d'échange en Chine. Les mots sel et salaire (en latin salarium, monnaie distribuée aux soldats pour leur achat de sel) ont la même origine étymologique.

A l'état pur, le sel est fait de petits cristaux de dimension inférieure à 1 millimètre. Incolore, inodore, dur et solide, il se dissout dans tous les liquides. Son goût est âpre et c'est le seul condiment minéral. Il est abondant dans la nature et a plusieurs origines possibles :

•Le sel marin, tiré de l'eau de mer. L'extraction du sel se fait sur des terrains côtiers aménagés appelés "salines". L'ensoleillement et la ventilation estivale due à une alternance des vents de mer et de terre permettent des rendements particulièrement élevés. On en trouve en Bretagne, en Vendée, dans le Languedoc et en Provence.
L'eau de mer circule dans les marais salants où se dépose le sel.
Le paludier récolte deux sels différents :
- La fleur de sel, constituée de cristaux fins et légers flottant à la surface et qui se récolte grâce à une "lousse", large planche de châtaignier de faible épaisseur. Le paludier la récolte délicatement comme on écrème le lait. Elle se pare de nuances rosées du fait de sa composition en iode.
- Le gros sel, formé de cristaux plus gros qui tombent au fond. On utilise pour ramasser le gros sel un "las", grand râteau muni d'un long manche.
Le sel marin est riche en oligo-éléments et ses qualités gustatives sont bien supérieures aux autres sels.

•Le sel gemme, sous forme de roche à l'intérieur des terres ou sous forme cristallisée dans la terre. On l'extrait dans des mines, des carrières creusées et dans des gisements.

Ces gisements marins fossiles résultent de l'évaporation des très anciennes mers et océans qui ont reculé lors des mouvements et des plissements tectoniques et des bouleversements d'origine volcanique de la croûte terrestre.

•Le sel des sources d'eau salée dont le sel est extrait par la chaleur.

•Le sel naturellement contenu dans la viande, les lentilles, les épinards, etc.

Le sel a une grande importance tant en cuisine que pour le corps humain. Ainsi en pâtisserie, il contribue à la couleur et à la saveur de certaines préparations.

Il permet également de conserver certaines denrées. Le salage est un procédé de conservation traditionnel pour les légumes, les viandes et les poissons qui permet de diminuer l'activité de l'eau du produit, de freiner ou de bloquer les développements microbiens. C'est un déshydratant naturel, un conservateur et un antiseptique.

Le sel permet de cuire certains légumes, viandes, poissons ou volailles, en les emprisonnant hermétiquement dans une couverture de sel qui en cuisant forme une croûte protectrice.

Il donne de la saveur aux aliments et stimule l'appétit. Il régule la tension artérielle. En retenant l'eau dans les tissus, le sodium assure la bonne hydratation de notre organisme.

Il est reconnu aujourd'hui que le sel absorbé en trop grande quantité favorise l'hypertension artérielle et l'obésité.

Certaines recettes de cet ouvrage utilisent des ingrédients dont la préparation est mentionnée à une page précédente : citrons confits au sel, anchois au sel, caramel à la fleur de sel. Afin de faciliter le repérage de ces recettes dans le livre j'ai utilisé des astérisques.

CONSERVES

OLIVES AU SEL

- 1 kg d'olives fraîches,
- 600 g de gros sel,
- 4 feuilles de laurier,
- 5 litres d'eau bouillante,
- 2 cuillères à café de grains de poivre.

TEMPS DE PRÉPARATION	TEMPS DE CUISSON
15 min	5 min

Au 15 minutes de préparation il faut ajouter au moins 5 semaines de trempage, 12 heures de séchage et 7 jours de repos.

Faire tremper les olives 4 semaines dans un récipient rempli d'eau froide. Changer l'eau tous les jours.

Goûter les olives et si vous les trouvez trop amères, laissez-les tremper encore 2 semaines.
Quand les olives sont à votre goût les étaler sur un papier absorbant.

Les laisser sécher pendant 12 heures.

Préparer la saumure de la manière suivante : mettre les olives dans une grande casserole, ajouter le sel, l'eau bouillante, le laurier et le poivre. Porter à ébullition puis réduire le feu.

Laisser frémir pendant 5 minutes.

Remplir des bocaux en verre ébouillantés et séchés avec les olives et la saumure ainsi préparée.

Fermer les bocaux et laisser reposer 7 jours au frais avant de consommer.

CORNICHONS AU VINAIGRE

- 1 kg de petits cornichons frais,
- 1 kg de gros sel,
- 1 litre de vinaigre d'alcool,
- 3 oignons blancs,
- 1 bouquet d'estragon,
- 2 cuillères à café de grains de poivre.
- Bocaux en verre d'un litre.

TEMPS DE PRÉPARATION

10 min

(+ 26 jours au frais)

Laver et brosser les cornichons pour éliminer les petits poils.

Quand les cornichons sont bien secs, ranger les dans une terrine en alternant les couches de cornichons et les couches de sel.

Le lendemain jeter la saumure formée.

Rincer les cornichons à l'eau et les ranger dans les bocaux avec les petits oignons blancs, le poivre et quelques branches d'estragon.

Couvrir les cornichons de vinaigre d'alcool.

Au bout de 10 jours, récupérer le vinaigre et le faire bouillir.

Verser le sur les cornichons.
Si le vinaigre ne recouvre pas certains cornichons compléter avec du vinaigre frais.

Laisser macérer encore 15 jours.

- 10 citrons non traités
bien mûrs,
- 400 g de gros sel,
- 1 bouteille d'huile
d'olive.

CITRONS CONFITS AU SEL *

TEMPS DE PRÉPARATION

60 min

(+ 5jours au frais minimum)

Laver les 10 citrons non traités, essuyer les et couper les en tranches épaisses.

Disposer les tranches en couches dans 1 saladier en alternant les citrons et le gros sel.

Réserver au frais pendant 24h.

Rincer les tranches, égoutter et essuyer les.

Ranger les tranches de citrons dans un bocal ébouillanté et séché, en tassant et en prenant soin de garnir les parois de jolies rondelles.

Recouvrir d'huile d'olive vierge jusqu'au bord du bocal afin que les rondelles soient entièrement immergées.
Mettre au réfrigérateur.

A consommer au minimum après quatre jours et dans les quatre mois.
Conserver le bocal à l'abri de la lumière et au frais.

Dans leur bocal, recouvrez-les toujours d'huile au fur et à mesure de leur utilisation, ils moisiraient au contact de l'air.

Les citrons sont un ingrédient des plats de poissons, de volailles ou des desserts (voir recettes des pages suivantes).

Le citron confit est salé, il faut donc saler peu les plats qui emploient cet ingrédient.
Le citron au sel a un parfum beaucoup plus riche que le jus de citron.

C'est un condiment puissant.

- 2 canards gras avec gésiers et cœurs,
- 2 kg de gros sel,
- Bocaux en verre d'un litre.

CONFIT DE CANARD GRAS DE BETTY

TEMPS DE PRÉPARATION	TEMPS DE CUISSON
60 min	2 heures

+ 24 heures au frais

Découper les canards (cuisses, contre cuisses, magrets, cous et ailes).

Mettre les morceaux dans une bassine en superposant : une couche de viande, gros sel, viande, gros sel…

Laisser macérer au réfrigérateur ou dans un endroit frais pendant 24 heures avec un torchon sur la bassine.

Débarrasser à la main les morceaux de viande du gros sel qui n'a pas fondu.

Déposer les morceaux de canard dans une bassine en cuivre en mettant les morceaux les plus gras au fond (les côtés les plus gras seront tournés vers le fond de la bassine).

Mettre à cuire à feu très doux au début pendant 1 heure en remuant souvent pour éviter que la viande accroche le fond de la bassine.

La cuisson complète de la viande va dégager de la graisse.

Mettre la viande en conserve et la remplir avec la graisse obtenue.

Si la viande n'est pas recouverte par suffisamment de graisse on peut rajouter un peu d'huile d'arachide ou de tournesol.
Fermer les bocaux et les mettre à stériliser 1 heure à partir du moment où l'eau bout.

Au moment de la mise en bocal, séparer les morceaux riches en viande (cuisses, contre cuisses, magrets) de ceux qui ne le sont pas (cous et ailes).

Les premiers peuvent se mettre dans le cassoulet par exemple alors que les seconds sont excellents avec des petits pois.

Mettre les gésiers et les cœurs confits dans un bocal plus petit.

Signaler les catégories de bocaux par des bouts de coton de couleurs différentes noués à la fixation en fer afin de les repérer car la cuisson dégage de la graisse qui en se solidifiant dissimule les morceaux de viande.

Vin conseillé : Corbières Rouge.

ENTREES

BOULETTES DE FAISSELLE AUX ÉPICES

Pour 20 boulettes de faisselle :
- 500 g de fromage blanc de type faisselle,
- 4 cuillères à soupe de ciboulette,
- 4 cuillères à soupe de persil,
- 1,5 cuillères à soupe de fleur de sel,
- 3 cuillères à soupe de sésame,
- 1,5 cuillères à café de grains de poivre concassé.

TEMPS DE PRÉPARATION	TEMPS DE REPOS
10 min	25 heures

Dans une assiette creuse, disposer deux couteaux en croix.

Déposer le fromage blanc dans la faisselle sur les couteaux afin que celui-ci puisse s'égoutter.

Le mettre au réfrigérateur pendant 24 heures.

En perdant son petit lait, le volume du fromage blanc dans la faisselle va diminuer.

Démouler le fromage blanc et à l'aide d'une cuillère à café mouler des petites boules de la taille d'une noix que vous arrondirez à l'aide des mains .

Laver les herbes et les ciseler finement.

Dans une assiette creuse mélanger la fleur de sel, le sésame et le poivre. Dans une autre assiette mélanger les herbes.

Rouler légèrement les boules de faisselle dans la première assiette puis plus uniformément dans la seconde.
Réserver 1 heure au frais.

- 2 filets de saumon
  de 250 g chacun,

- 5 g d'aneth ciselé,

- 65 g de sel fin,

- 40 g de sucre fin,

- 1 cuillère à café de
  poivre grossièrement pilé.

SAUMON MARINÉ
À L'ANETH

TEMPS DE
PRÉPARATION

10 min

+ 4 jours au frais

NOMBRE DE
PERSONNES

4

Mélanger le sel, le poivre et le sucre.

Déposer les filets de saumon dans ce mélange afin d'en imprégner abondamment les deux faces.

Saupoudrer généreusement d'aneth les filets de poisson.

Déposer le premier filet enduit d'épices et d'aneth sur un film alimentaire.

Venir le recouvrir du second filet également enduit.

Envelopper le tout de manière serrée dans le film alimentaire.

Disposer le poisson ainsi préparé dans une assiette creuse surmontée d'un poids (planche à découper, autre assiette…) au réfrigérateur pendant 4 jours.

Evacuer 1 fois par jour l'eau produite.

Au terme de la marinade, sortir le saumon de son emballage plastique. Enlever la couche de saumure.

Trancher finement les filets à partir de la queue à l'aide d'un couteau sans dent.
Dresser joliment sur une assiette.

Servir avec des pommes de terre, une salade verte, des œufs brouillés ou des tartines de pain de campagne.

Vin conseillé : Fitou blanc.

ANCHOIS MARINÉ AU SEL

- 500 g d'anchois vidés,
- 500 g de gros sel,
- 1 cuillère à soupe d'huile de cuisson,
- 1 cuillère à café de poivre moulu.

TEMPS DE PRÉPARATION

| 10 min |

(+ 30 min au frais)

TEMPS DE CUISSON

| 3 min |

NOMBRE DE PERSONNES

| 4 |

Alterner dans un saladier les anchois en couche et du gros sel.

Laisser les anchois s'imprégner de sel pendant ½ heure maximum.

Débarrasser les anchois du sel en les passant sous un filet d'eau du robinet.

Faire revenir les anchois à feu doux dans une poêle huilée 3 minutes.

Les retourner à mi cuisson.
Servir sur un lit de salade verte.

Vin conseillé : Muscadet.

MAGRETS DE CANARDS SÉCHÉS

- 2 magrets de canard frais,

- 1 verre de gros sel,

- 1 cuillère à soupe

de poivre.

TEMPS DE PRÉPARATION

10 min

(+ 12 heures et
20 jours au frais)

NOMBRE DE PERSONNES

4

Saupoudrer les deux faces des magrets frais de gros sel.

Laisser les magrets dans un plat 12 heures au réfrigérateur.

Après 12 heures, enlever l'excès de sel sur les magrets et les poivrer des deux côtés.

Les mettre dans un tissu léger (avec une trame très aérée) afin que la viande puisse respirer pendant 20 jours au réfrigérateur ou dans une cave fraîche.

Ensuite trancher les magrets séchés et les déguster sur un lit de salade agrémenté d'une tranche de foie gras, d'une tranche de jambon de pays et de gésiers confits.

Vin conseillé : Gaillac rouge.

VIANDES

- 1 poulet coupé
en morceaux,
- 4 oignons,
- 3 grains d'ail,
- 4 tomates,
- 1 jus de citron,
- 2 poignées d'olives,
- 6 tranches de citrons
confits au sel*,
- 1 cuillère à café
de coriandre,
- 1/2 cube de bouillon,
- 1/2 cuillère à café
de poivre moulu.

Pour la marinade :
- 10 cl d'huile d'olive,
- 1 cuillère à soupe
de curcuma,
- 1 cuillère à soupe
de paprika doux,
- 1 cuillère à soupe
de sel de Guérande,
- 1 pointe de piment
de Cayenne,
- 1/2 cuillère à café
de poivre moulu.

TAGINE DE POULET AUX CITRONS CONFITS*

TEMPS DE PRÉPARATION

20 min

(+ 12 heures de marinade)

TEMPS DE CUISSON

48 min

NOMBRE DE PERSONNES

6

La veille, préparer la marinade avec l'huile d'olive, le paprika doux, le curcuma, le piment de Cayenne, le sel et le poivre.

Faire mariner les morceaux de poulet toute la nuit.

Le lendemain égoutter les morceaux de poulet.

Faire revenir la viande pendant 5 minutes dans une poêle avec 6 cuillères à soupe d'huile de la marinade jusqu'à ce qu'elle soit bien dorée.

Réserver au chaud dans une cocotte en fonte.

Dans la même poêle, faire blondir les oignons émincés.

Ajouter l'ail écrasé et les tomates pelées et coupées en dés.

Laisser mijoter ainsi 10 minutes à feu doux.

Verser dans la cocotte.

Arrosez avec le jus du citron.

Faire bouillir les olives dans une casserole d'eau pendant 1 minute.

Egoutter et incorporer les dans la cocotte.
Ajouter la moitié du cube de bouillon, le poivre, la coriandre et les tranches de citrons confits.

Laisser cuire à couvert encore 30 minutes à feu doux.

Vin conseillé : Lirac rosé ou Vouvray rouge.

- 1 jarret de veau de 1.7 kg,
- 1 tranche fine de lard,
- 1 chou vert frisé,
- 2 poireaux,
- 3 carottes,
- 4 navets,
- 4 pommes de terre,
- 1 cuillère à café de grains de poivre concassés.

Pour la saumure :
- 230 g de sel,
- 3 litres d'eau,
- 1 oignon,
- 1 clou de girofle,
- 1 grain d'ail,
- Thym,
- Laurier,
- 1 cuillère à café de baies rouges.

Pour la sauce à l'ail :
- 1 cuillère à café de beurre,
- 1 cuillère à café de farine,
- 2 verres de bouillon de cuisson,
- 2 grains d'ail finement hachés,
- 200 g de crème fraîche,
- 1 jaune d'œuf,
- ½ cuillère à café de poivre moulu.

JARRET DE VEAU AU SEL

TEMPS DE PRÉPARATION

30 min

TEMPS DE CUISSON

3h et 5 min

NOMBRE DE PERSONNES

6

(+ 2 jours au frais)

Préparer la saumure dans une grande cocotte en fonte.
Mettre le jarret de veau dans la saumure pendant 2 jours dans un endroit frais.
Vider l'eau de la saumure.

Remplir la cocotte d'eau du robinet.
Couvrir la viande d'eau.
Incorporer les légumes et le lard.

Faire cuire à feu doux pendant 3 heures comme un pot-au-feu.

Avant la fin de la cuisson préparer la sauce à l'ail :

Dans un peu de beurre mousseux faire suer l'ail haché quelques secondes.

Ajouter la farine, le poivre, le bouillon de cuisson puis la crème fraîche.

Laisser réduire la sauce et lier avec un jaune d'œuf.

Dresser le jarret de veau et les légumes dans un plat avec la sauce à part. Manger très chaud.

Ne jetez pas le bouillon. Vous pouvez y faire cuire des pâtes à potage et le boire chaud.

Après le repas s'il vous reste des légumes, du bouillon et de la viande vous pouvez mixer le tout et manger cette délicieuse soupe passée riche en saveurs.

Vin conseillé : Collioure Rouge.

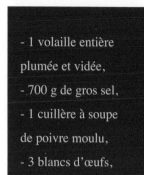

- 1 volaille entière plumée et vidée,
- 700 g de gros sel,
- 1 cuillère à soupe de poivre moulu,
- 3 blancs d'œufs,
- 3 grains d'ail,
- 1 échalote.

VOLAILLE EN CROÛTE DE SEL

TEMPS DE PRÉPARATION

20 min

TEMPS DE CUISSON

60 min

NOMBRE DE PERSONNES

6

Vin conseillé :
Costières de Nîmes roug

Disposer l'ail et l'échalote en chemise dans la carcasse de la volaille.

Mélanger les blancs d'œufs, le gros sel et le poivre.

Recouvrir la volaille de ce mélange.

Faire préchauffer le four à 200°C.

Mettre au four dans un plat arrosé d'un filet d'huile.

Laisser cuire 1 heure.

Quand vous découperez la volaille vous casserez la croûte de sel constituée.

Déguster la chair de la volaille sans manger la croûte de sel ou la peau.

- 1 côte de bœuf
de 4 cm d'épaisseur
(1 kg environ),
- 1 cuillère à soupe
de gros sel,
- 1 cuillère à café
de poivre moulu,

Sauce au beurre rouge :
- 2 échalotes,
- 1 cuillère à café
de thym,
- 50 g de beurre,
- 5 cl de vinaigre
de vin rouge,
- ½ cube de bouillon,
- 1 cuillère à café
de sel fin,
- ½ cuillère à café
de poivre.

Sauce à la moelle :
- 1 os à la moelle de
15 cm de long environ,
- 2 échalotes,
- 100 g de beurre,
- 1 cuillère à soupe de
concentré de tomates,
- 10 cl de vin rouge,
- 1 cuillère à café
de sel fin,
- ½ cuillère à café
de poivre moulu.

CÔTE DE BOEUF GROS SE
AUX DEUX SAUCES

TEMPS DE
PRÉPARATION

20 min

TEMPS DE
CUISSON

39 min

NOMBRE DE
PERSONNES

4

Vin conseillé :
Mercury, Madiran
ou Corbières Rouge.

Sortir la côte de bœuf du réfrigérateur 1 heure avant de la cuisiner.

Faire cuire la côte de bœuf au barbecue 9 minutes de chaque côté. Si vous aimez la viande bleue réduire le temps de cuisson.

Pendant la cuisson préparer les deux sauces.
Pour la sauce au beurre rouge, éplucher et émincer les échalotes.

Les mettre dans une casserole avec le vinaigre de vin rouge.
Faire réduire à feu doux pendant 5 minutes.
Incorporer le beurre, le cube de bouillon et fouetter énergiquement.
Pour la sauce à la moelle, éplucher et émincer les échalotes.
Les mettre dans une casserole avec le vin rouge.
Faire réduire à feu doux pendant 5 minutes.

Incorporer le concentré de tomates et laisser cuire 1 minute.

Ajouter le beurre et fouetter énergiquement.

Réserver.

Porter à ébullition 50 cl d'eau salée dans une casserole.

Incorporer l'os à moelle et laisser cuire pendant 10 minutes dans une eau frémissante.

Extraire à l'aide d'un couteau la moelle de l'os.

Couper la moelle en petits morceaux et ajouter les à la sauce en fouettant.

En fin de cuisson de la côte de bœuf, saupoudrer de gros sel
et de poivre.

Servir la côte coupée en tranches accompagnée des deux sauces.

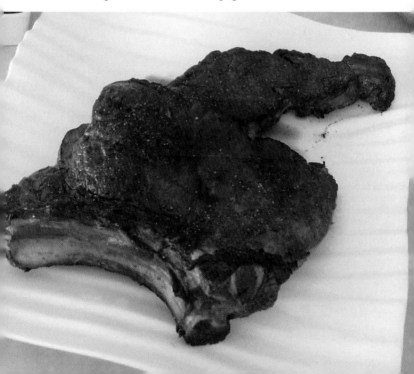

- 1 filet de bœuf de 900 g,
- 400 g de gros sel,
- 400 g de farine,
- 1 œuf,
- 25 à 33 cl d'eau,
- 1 cuillère à soupe de poivre moulu,
- 1 cuillère à soupe d'herbes de Provence.

Pour la sauce Madère :
- 1 tranche de jambon de pays épaisse,
- 2 grains d'ail,
- 2 cubes de bouillon,
- 4 échalotes,
- 2 cuillères à soupe de concentré de tomate,
- 2 cuillères à soupe de farine,
- 2 verres de Madère,
- 5 verres d'eau,
- ½ cuillère à café de poivre moulu,
- 20 g de morilles déshydratées.

FILET DE BŒUF EN CHEMISE SALÉE SAUCE MADÈRE

TEMPS DE PRÉPARATION	TEMPS DE CUISSON
30 min	40 min pour le filet et 15 min pour la sauce

(+ 30 minutes de repos)

NOMBRE DE PERSONNES

4

Sortir la côte de bœuf du réfrigérateur 1 heure avant de la cuisiner.
Préchauffer le four à 200°C.

Dans un saladier mélanger le gros sel, la farine, le poivre, l'œuf battu et l'eau.
Pétrir la pâte et la réserver au frais pendant 30 minutes, recouverte d'un film alimentaire.

Etaler la pâte selon une forme rectangulaire à l'aide d'un rouleau sur une épaisseur d'un centimètre environ.

Déposer au centre du rectangle de pâte le filet de bœuf.

Huiler le rôti à l'aide d'un pinceau et saupoudrer d'herbes de Provence.

Envelopper le filet avec la pâte en scellant bien les bords.

Déposer dans un plat à gratin.

Enfourner pendant 40 minutes à 200°C pour une viande saignante à cœur.

Pendant ce temps préparer la sauce au Madère.

Mettre les morilles déshydratées dans un bol de 20 cl d'eau pendant 1 heure.

Dans une cocotte huilée, faire revenir les échalotes, l'ail et le jambon hachés.

Ajouter le concentré de tomate, la farine, le poivre, le Madère, l'eau et les cubes de bouillon.

Remuer, ajouter les morilles, le jus des morilles et laisser cuire 15 minutes.

Sortir le filet de bœuf du four et casser la croûte de sel avec un couteau à pain.

Enlever la croûte de sel et couper le filet de bœuf en tranches.

Servir la viande nappée de sauce aux morilles.

Vous pouvez remplacer les morilles par des champignons de Paris en conserves.

Vous pouvez réaliser le même plat avec un rôti de porc ou un gigot d'agneau. Pour le gigot doubler les quantités de gros sel, de farine, d'œufs et d'eau pour réaliser la chemise salée.

Vin conseillé : Côtes de Beaune ou Graves.

- 2 magrets de canard,
- 1 cuillère à soupe d'huile d'olive,
- 1 cuillère à soupe de gros sel,
- 1 pincée de piment doux,
- 10 cl d'eau,
- 1 cube de bouillon,
- 10 cl de crème fraîche liquide,
- 1 cuillère à café pointue de farine,
- 2 cuillères à café de grains de poivre concassés,
- 2 pincées de gros sel.

RÔTI DE MAGRETS À LA CROQUE AU SEL

TEMPS DE PRÉPARATION	TEMPS DE CUISSON
30 min	30 min

NOMBRE DE PERSONNES

4

Vin conseillé :
Côtes du Roussillon roug[e]

Préchauffer le four à 210°C.

Badigeonner les magrets d'huile d'olive.

Dans un bol, mélanger le gros sel et le piment doux.

Frotter l'intérieur des magrets avec ce mélange.

Ficeler (sans trop serrer) les deux magrets ensemble pour former un rôti, côtés peaux à l'extérieur.

Déposer le rôti dans un plat à gratin et laisser cuire pendant 30 minutes à 210°C.

Réserver le rôti dans le plat à gratin.

Recueillir le jus de cuisson dans une casserole.

Incorporer l'eau, les cubes de bouillon, la crème fraîche et le poivre concassé.

Fouetter le mélange et incorporer la farine.

Fouetter à nouveau et porter à ébullition pendant 1 minute.
Trancher le rôti.

Saupoudrer la viande avec les 2 pincées de gros sel.

Entourer la viande d'un cordon de sauce.

FILETS DE JULIENNE SAUCE ANCHOIS AU SEL

- 4 filets de julienne de 200 g chacun environ,
- 1 oignon,
- 1 carotte,
- 1 échalote,
- 1 cuillère à soupe de vinaigre,
- 1 cuillère à café d'herbes de Provence,
- 1 clou de girofle,
- 10 grains de poivre,
- 1 cuillère à café de sel fin,
- ½ cuillère à café de poivre moulu.

Pour la sauce :
- 6 filets d'anchois au sel en conserve,
- Le jus d'½ citron,
- 10 cl d'huile d'olive,
- ½ cuillère à café de poivre moulu.

TEMPS DE PRÉPARATION

20 min

TEMPS DE CUISSON

30 min

NOMBRE DE PERSONNES

4

Vin conseillé : Clisso

Eplucher l'échalote, l'oignon et la carotte et couper les en rondelles.

Remplir une casserole avec 1.5 litres d'eau et incorporer les légumes.

Ajouter le clou de girofle, le sel, les grains de poivre, le vinaigre et les herbes de Provence.

Porter à ébullition et laisser cuire 20 minutes.

Incorporer les filets de julienne dans le court bouillon.
Laisser frémir pendant 8 minutes.

Retirer les filets de julienne du court bouillon et les déposer dans les assiettes.

Retirer les filets d'anchois au sel de la conserve.

Les passer sous l'eau du robinet pour enlever l'excédent de sel.

Egoutter les filets d'anchois et les écraser à la cuillère en bois dans un bol.

Verser l'huile d'olive, le jus de citron, le poivre et remuer énergiquement.

Retirer les légumes du court bouillon et les incorporer à la sauce à l'anchois.

Napper les filets avec la sauce.

Saupoudrer d'une pincée d'herbes de Provence.

Ne pas saler la sauce, car les anchois au sel le sont déjà abondamment.

Vous pouvez rajouter des câpres dans la sauce.

DOS DE CABILLAUD À LA FLEUR DE SEL ET AUX PETITS LÉGUMES

- 6 dos de cabillaud de 200 g chacun environ,
- 3 cuillères à café d'herbes de Provence,
- 5 cuillères à café rases de fleur de sel,
- 1 petite botte de carottes,
- 3 courgettes,
- 5 oignons nouveaux,
- 1 pied de brocoli,
- 1 grain d'ail,
- 1 cuillère à soupe de sésame,
- 2 cuillères à café de poivre moulu,
- 10 cuillères à soupe d'huile d'olive.

TEMPS DE PRÉPARATION

15 min

TEMPS DE CUISSON

30 min

NOMBRE DE PERSONNES

Vin conseillé : Sancerre

Préchauffer le four à 200°C.
Eplucher les légumes et les laver.
Couper les en fines tranches à l'aide d'un économe.

Laver le brocoli et le couper en fleurettes.
Eplucher les oignons et les couper en rondelles.

Déposer les dos de cabillaud dans un plat à gratin.

Sur chacun des dos de poisson, déposer 1/2 cuillère à café de fleur de sel, 1/2 cuillère à café d'herbes de Provence et une pincée de poivre moulu.

Cuire 15 minutes dans le four à 200°C.

Pendant ce temps, éplucher le grain d'ail et l'écraser.

Dans une poêle, faire chauffer l'huile d'olive.
Ajouter l'ail.

Jeter les légumes et laisser cuire à feu moyen pendant 15 minutes en remuant régulièrement.

En fin de cuisson saupoudrer les légumes de sésame, de fleur de sel (deux cuillères à café) et de poivre (une cuillère à café).

Déposer un lit de légumes dans chacune des assiettes et placer un dos de cabillaud rôti sur le dessus.

MORUE FRAÎCHE AU SEL, CONFIT DE TOMATES ET OIGNONS

- 6 pavés de morue fraîche (cabillaud),
- 5 oignons,
- 5 tomates,
- 200 g de gros sel,
- 1 pincée de gros sel,
- 10 cl d'huile d'olive,
- 1 cuillère à soupe de Coriandre en grains,
- 2 cuillères à café de poivre moulu.

TEMPS DE PRÉPARATION

15 min

TEMPS DE CUISSON

50 min

(+ 15 minutes de marinade)

NOMBRE DE PERSONNES

6

Préchauffer le four à 200°C.

Répartir le gros sel sur les pavés de cabillaud dans un plat.

Laisser mariner 15 minutes au frais.

Eplucher les oignons.

Tailler les oignons et les tomates en tranches fines.

Ranger les alternativement dans un plat à gratin.

Arroser les légumes avec 5 cl d'huile d'olive.

Les saupoudrer d'une pincée de gros sel, de poivre et de coriandre.

Les enfourner et laisser cuire pendant 30 minutes à 200°C.

Rincer les pavés de poisson sous l'eau et les éponger.

Sortir le plat à gratin du four.

Déposer le poisson sur le lit de tomates et d'oignons.

Arroser le tout avec l'huile d'olive restante et saupoudrer de poivre et de coriandre.

Enfourner à nouveau et laisser cuire 20 minutes à 200°C.

Vin conseillé : Meursault.

- 24 gambas surgelées,
- 500 g de gros sel,
- 1/2 cuillère à café
de poivre moulu,
- 10 cuillères à soupe
d'huile d'olive,
- 1 persillade
(ail et persil).

GAMBAS AU SEL

TEMPS DE
PRÉPARATION

5 min

TEMPS DE
CUISSON

5 min

NOMBRE DE
PERSONNES

4

Vin conseillé :
Côteaux du Languedoc
Picpoul de Pinet.

Laisser décongeler les gambas dans le réfrigérateur 12 heures au préalable.

Déposer dans le fond d'une poêle le gros sel sur une épaisseur d'un centimètre.

Allumer le feu et laisser le gros sel monter en température.

Pendant ce temps, disposer les gambas dans un plat creux et les arroser d'huile d'olive.

Déposer les gambas dans la poêle sur la couche de sel et saupoudrer de persillade.

Laisser cuire 5 minutes en les retournant à mi cuisson.

Déposer les gambas dans un plat après avoir pris le soin d'enlever le gros sel qui a pu y adhérer.

Saupoudrer de poivre.

- 1 bar de 300 g par personne ou 1 gros bar de 800 g environ,
- 1,5 kg de gros sel,

Pour la sauce :
- 250 g de pulpe de tomate hachée,
- 24 feuilles de basilic ciselé,
- 2 cuillères à soupe d'huile d'olive,
- 1 cuillère à soupe de jus de citron,
- Sel et poivre.

BAR EN CROÛTE DE SEL

TEMPS DE PRÉPARATION

30 min

TEMPS DE CUISSON

45 min

NOMBRE DE PERSONNES

4

Vin conseillé :
Fitou blanc,
Macon villages.

Demander à votre poissonnier de vider le poisson sans l'écailler.
Laver et éponger le poisson.

Préchauffer le four à 250°C.

Etaler 1/3 du gros sel dans un plat à four ovale pouvant juste contenir le ou les poissons.
Coucher le poisson sur ce lit de sel.
Recouvrir ensuite entièrement le poisson avec le reste de sel.

Enfourner dans le four chaud et laisser cuire 40 minutes.

Lorsque le poisson est cuit, casser la croûte de sel et éliminer tout le sel.

Dresser le poisson dans les assiettes.

Préparer la sauce à la tomate en mélangeant tous les ingrédients dans une casserole.

Laisser réduire pendant 5 minutes.

Napper le bar avec la sauce préparée.

Déguster le poisson avec des rondelles de citron, de la salade ou des pommes de terre vapeur.

- 1kg de calamars,
- ½ cuillère à café de grains de poivre noir,
- ½ cuillère à café de grains de poivre de Sichuan,
- 2 cuillères à café de fleur de sel,
- 15 cl de crème fraîche épaisse,
- 2 cuillères à soupe d'huile de cuisson,
- 2 cuillères à café de graines de sésame,
- 1 poivron vert,
- 3 échalotes hachées.

CALAMARS SAUTÉS AUX DEUX POIVRES ET À LA FLEUR DE SEL

TEMPS DE PRÉPARATION	TEMPS DE CUISSON
20 min	6 min

NOMBRE DE PERSONNES

4

Vin conseillé : Fitou rouge ou rosé.

Demander au poissonnier de préparer les calamars : enlever le bec des encornets, partie très dure.

Laver les encornets à l'intérieur et à l'extérieur sous l'eau froide de façon à enlever la fine peau grise qui les recouvre.

Couper les en morceaux.

Laver les tentacules, couper les en morceaux et réserver le tout dans une assiette.

Faire revenir les grains de poivre à feu vif pendant 30 secondes dans une poêle couverte pour libérer leurs arômes.

Moudre les 2 poivres dans un moulin ou les piler dans un mortier.

Faire griller les graines de sésame à feu vif pendant 30 secondes dans la poêle utilisée pour le poivre.

Emincer finement le poivron et le débarrasser de ses pépins.

Dans la poêle utilisée pour les épices, faire revenir les calamars dans l'huile de cuisson à feu doux pendant 3 minutes en remuant fréquemment.

Sortir les calamars de la poêle à l'aide d'une écumoire et les réserver au chaud.

Dans le jus de cuisson de la poêle, faire revenir les échalotes et le poivron pendant 2 minutes à feu doux.

Ajouter la crème fraîche.

Incorporer les calamars à cette préparation et saupoudrer avec les deux poivres, les graines de sésame et de la fleur de sel.

Mélanger soigneusement.

Servir avec une salade de concombre ou de cresson.

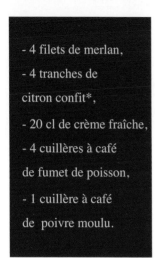

- 4 filets de merlan,
- 4 tranches de
citron confit*,
- 20 cl de crème fraîche,
- 4 cuillères à café
de fumet de poisson,
- 1 cuillère à café
de poivre moulu.

PAPILLOTES DE FILETS DE MERLAN AU CITRON CONFIT*

TEMPS DE PRÉPARATION

5 min

TEMPS DE CUISSON

20 min

NOMBRE DE PERSONNES

4

Vin conseillé :
Gewurztraminer, Sylvaner

Préchauffer le four à 250°C.

Découper 4 feuilles de papier aluminium d'une longueur de 30 cm environ.

Répartir au centre de chacune d'elle un filet de merlan, une tranche de citron confit découpée en dés, 5 cl de crème fraîche, une cuillère à café de fumet de poisson et ¼ de cuillère à café de poivre.

Fermer la papillote et enfourner pendant 20 minutes à 250°C.

Poser chaque papillote dans une assiette.

Les servir ouvertes et fumantes.

DORADE RÔTIE AU SEL ET AU CARAMEL BALSAMIQUE

- 1 kg de filets de dorade royale,
- 1 concombre,
- 2 carottes,
- 1 cuillère à soupe de sésame grillé,
- 1 cuillère à soupe de persil finement ciselé,
- 2 cuillères à soupe de fleur de sel,
- 20 cl de vinaigre balsamique,
- 4 cuillères à soupe de sucre fin,
- 4 cuillères à soupe de crème fraîche,
- 1 cuillère à café de poivre moulu,
- Vinaigrette.

TEMPS DE PRÉPARATION

30 min

TEMPS DE CUISSON

20 min

NOMBRE DE PERSONNES

4

Vin conseillé : Bourgogne aligoté.

Saler les filets de dorade (côté arrête centrale) avec la fleur de sel.

Saupoudrer les filets de dorade (côté arrête centrale) avec la moitié de poivre moulu.

Placer les filets dans un plat à gratin (côté peau vers le haut) dans le four en position grill.

Faire rôtir le poisson 15 minutes.

Pendant ce temps, éplucher le concombre et les carottes et les débiter en fines lamelles à l'aide de l'économe.

Dans une petite casserole, faire revenir le vinaigre balsamique additionné du sucre jusqu'à obtenir un caramel liquide.

Ajouter la crème fraîche, le reste de poivre et fouetter le tout.

Dresser les filets de dorade rôtis sur un nid de crudités assaisonnés de vinaigrette et de sésame grillé.

Verser le caramel dans une coupelle ou sur les filets de poisson.
Saupoudrer de persil.

LEGUMES

- 1 botte de radis roses,
- 200 g de fèves,
- 2 tomates,
- 1 concombre,
- 40 g de beurre,
- 4 œufs,
- 4 cuillères à café de sel fin,
- 1 cuillère à café de poivre moulu.

LÉGUMES CROQUE AU SEL

TEMPS DE PRÉPARATION

10 min

TEMPS DE CUISSON

10 min

NOMBRE DE PERSONNES

4

Préparer les radis : couper à ras les fanes ainsi que leurs pointes puis les peler à l'aide d'un économe.

Les laver à l'eau et les essuyer avec un papier absorbant.

Enlever les fèves de leurs gousses.

Laver les tomates et les couper en deux horizontalement.

Peler le concombre et le débiter en tranches d'un centimètre environ.

Faire durcir les œufs dans l'eau bouillante pendant 10 minutes.

Les écaller.

Dans chaque assiette répartir les radis et les fèves.

Déposer à côté une cuillère à café de sel fin et une petite tranche de beurre.

Déposer l'œuf dur coupé en deux et une moitié de tomates abondamment saupoudrée de sel et de poivre.

Réaliser la même opération sur les rondelles de concombre.

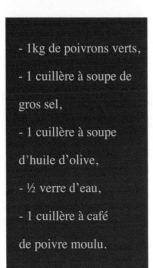

- 1kg de poivrons verts,
- 1 cuillère à soupe de gros sel,
- 1 cuillère à soupe d'huile d'olive,
- ½ verre d'eau,
- 1 cuillère à café de poivre moulu.

POIVRONS VERTS AU GROS SEL

TEMPS DE PRÉPARATION

5 min

TEMPS DE CUISSON

20 min

NOMBRE DE PERSONNES

4

Laver les poivrons et couper les en 6 morceaux.

Eliminer les pépins.

Faire revenir les poivrons à feu doux dans une sauteuse huilée pendant 20 minutes.

À mi cuisson retourner les délicatement et incorporer l'eau.

Saupoudrer en fin de cuisson de gros sel et de poivre.

A servir chaud ou froid en entrée ou à l'apéritif.

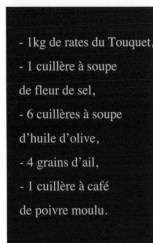

- 1kg de rates du Touquet,
- 1 cuillère à soupe de fleur de sel,
- 6 cuillères à soupe d'huile d'olive,
- 4 grains d'ail,
- 1 cuillère à café de poivre moulu.

RATES À LA FLEUR DE SEL

TEMPS DE PRÉPARATION

10 min

TEMPS DE CUISSON

30 min

NOMBRE DE PERSONNES

4

Préchauffer votre four à 200°C.

Laver les rates à l'eau et les essuyer avec un papier absorbant afin d'enlever partiellement leur fine peau.

Eplucher les grains d'ail et les couper en 6.

Répartir les rates dans un plat à gratin assez grand afin de n'avoir qu'un niveau de pommes de terre.

Disperser l'ail.
Arroser d'huile d'olive.

Saupoudrer de poivre et de fleur de sel.

Enfourner à 200°C pendant 30 minutes.
Vérifier la cuisson des rates à l'aide d'un couteau et servir chaud.

CAKE AUX PISTACHES ET AUX ÉCLATS DE CARAMEL À LA FLEUR DE SEL

Pour le cake :
- 200 g de chocolat noir ou au lait
(selon votre goût),
- 80 g de farine,
- 100 g de sucre,
- 3 œufs,
- 1 sachet de levure,
- 2 cuillères à soupe d'huile,
- 40 g de poudre de noisettes,
- 15 cl de crème fraîche à 15% de MG.

Pour le caramel :
- 50 g de pistaches,
- 50 g de noisettes entières,
- 8 morceaux de sucre,
- 1 cuillère à café de fleur de sel.

TEMPS DE PRÉPARATION

10 min

TEMPS DE CUISSON

35 min

NOMBRE DE PERSONNES

8

Vin conseillé :
Vin de Maury.

Préchauffer le four à 210 °C.

Mixer grossièrement les pistaches et les noisettes entières à l'aide d'un robot.

Préparer le caramel : faire fondre le sucre avec 4 cuillères à soupe d'eau.

Incorporer la fleur de sel et laisser cuire jusqu'à caramélisation du sucre. Verser le caramel sur une feuille de papier sulfurisé.

Saupoudrer aussitôt avec la moitié des pistaches et des noisettes en les enfonçant avec la pomme de la main pour une meilleure adhérence des fruits secs au caramel.

Laisser durcir à l'air libre.

Faire fondre le chocolat et la crème fraîche.

Pendant ce temps battre dans un saladier le sucre, la farine, la levure, la poudre de noisettes, l'huile et les œufs.

Incorporer ensuite le chocolat fondu et l'autre moitié des pistaches et des noisettes hachées grossièrement.

Lisser le mélange et le mettre dans un moule à cake.

Enfourner le tout et laisser cuire 35 minutes environ.

Casser le caramel en petits éclats et les déposer sur le cake.

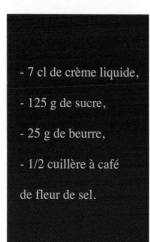

- 7 cl de crème liquide,

- 125 g de sucre,

- 25 g de beurre,

- 1/2 cuillère à café

de fleur de sel.

CARAMEL
À LA FLEUR DE SEL***

TEMPS DE
PRÉPARATION

5 min

TEMPS DE
CUISSON

3 min

NOMBRE DE
PERSONNES

4

Dans une casserole, chauffer la crème liquide jusqu'à ébullition.

Incorporer le sucre, le beurre et la fleur de sel.

Laisser cuire pendant 2 minutes à feu vif en remuant fréquemment jusqu'à ce que le caramel soit bien doré.

Vous pouvez préparer le caramel en avance et le faire tiédir au moment de servir (ou le servir froid).

SABLÉS À LA FLEUR DE SE DE BETTY

- 350 g de farine,
- 100 g de sucre glace,
- 125 g de beurre,
- 2 œufs,
- 2 cuillères à café
  de fleur de sel,
- ½ verre de lait.

TEMPS DE PRÉPARATION

| 10 min |

(+ 2 heures 10 de repos)

TEMPS DE CUISSON

| 15 min |

NOMBRE DE SABLÉS

| 65 |

Préchauffer le four à 180 °C.

Mélanger la farine et le sucre dans une jatte.
Faire un puits au centre.

Ajouter le beurre fondu et les œufs.

Travailler rapidement la pâte du bout des doigts jusqu'à ce qu'elle forme une boule homogène. Enfermer la pâte dans un film alimentaire.

Laisser reposer 2 heures au réfrigérateur.

Sortir la pâte du réfrigérateur et laisser la se reposer encore 10 minutes.

Etaler finement la pâte et la découper en rectangle de 4 x 5 cm environ.

Déposer les rectangles sur du papier de cuisson.

Dorer les sablés en les badigeonnant de lait à l'aide d'un pinceau et saupoudrer de fleur de sel.

Glisser la plaque au four à 180 °C et laisser cuire les sablés 15 minutes environ, jusqu'à ce qu'ils soient blonds.

Retirer la plaque du four, puis détacher les sablés avec une spatule souple.

Laisser les refroidir sur une grille avant de les croquer.
Vous pouvez les conserver plusieurs jours dans une boîte métallique.

Vin conseillé : Clairette de Die.

- 50 g de chocolat noir en tablettes,
- 115 g de farine,
- 40 g de cacao en poudre,
- 100 g de beurre,
- 110 g de sucre en poudre,
- 2 cuillères à café de fleur de sel,
- 2 cuillères à soupe d'extrait de vanille liquide.

PALETS AUX PÉPITES DE CHOCOLATS ET À LA FLEUR DE SEL

TEMPS DE PRÉPARATION

| 10 min |

(+ 2 heures de repos)

TEMPS DE CUISSON

| 10 min |

NOMBRE DE SABLÉS

| 25 |

Préchauffer le four à 170°C.

Mélanger la farine et le cacao en poudre.
Faire fondre le beurre.
Mélanger le beurre fondu avec le sucre, la fleur de sel et la vanille.

Verser le mélange sur la farine et le cacao.
Mélanger pour obtenir une pâte sableuse.
Découper 50 centimètres de film alimentaire.
Verser un cordon de pâte d'environ 5 cm de diamètre sur la longueur du film.

Rouler la pâte dans le film alimentaire pour former un boudin bien enveloppé.
Fermer le film alimentaire aux extrémités.
Réserver au réfrigérateur pendant 2 heures.

Après les 2 heures au frais, sortir le boudin du film alimentaire et le découper à l'aide d'un couteau à pain en palets de 1 moins d'un centimètre d'épaisseur.

Les placer de manière espacée sur une plaque recouverte d'une feuille de papier sulfurisé.
Mettre les palets au four à 170°C pendant 10 minutes.
Casser le chocolat en tous petits morceaux pour former des pépites.
A la sortie du four, saupoudrer les palets de pépites de chocolat.
Puis laisser les refroidir sur une grille.

Vous pouvez remplacer les fragments de tablette de chocolat par des pépites de chocolat, de forme plus régulière.

Vin conseillé : Muscat de Frontignan.

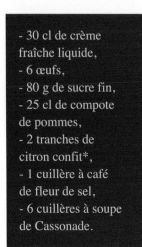

- 30 cl de crème fraîche liquide,
- 6 œufs,
- 80 g de sucre fin,
- 25 cl de compote de pommes,
- 2 tranches de citron confit*,
- 1 cuillère à café de fleur de sel,
- 6 cuillères à soupe de Cassonade.

CRÈME BRULÉE À LA FLEUR DE SEL ET AUX CITRONS CONFITS*

TEMPS DE PRÉPARATION

10 min

TEMPS DE CUISSON

35 min

NOMBRE DE PERSONNES

6

Vin conseillé :
Blanquette de Limou
« méthode ancestrale

Préchauffer le four à 160°C.

Battre les œufs, la fleur de sel et le sucre.

Ajouter la crème fraîche et la compote de pommes.

Hacher finement les tranches de citron confit et incorporer à la préparation.
Répartir la préparation dans des ramequins et les déposer dans un plat à gratin rempli à mi hauteur d'eau froide.

Enfourner et cuire au bain marie pendant 30 minutes à 160°C.
Laisser refroidir et réserver au réfrigérateur.

Au moment de servir, saupoudrer de cassonade et brûler au chalumeau (ou sous le grill de votre four).

TABLE DES RECETTES

© 2007. Editions Jean-Paul Gisserot
Imprimé par Pollina Luçon 85 n° d'impression : L55714

Imprimé en France